打火机

"如果你谈论墨菲和弗朗西斯·摩尔，先生们，"坐在椅子上的点灯器说，"我的意思是说，"汤姆·格里格与星辰没有什么关系。"

"他和他们有什么关系？"问打火机的主持人是谁。

另一位回答："什么都没有。""一点也没有。"

"那么，你的意思是说你不相信墨菲吗？"要求打开讨论的点灯器。

主席回答说："我是说我相信汤姆·格里格。""我是否相信墨菲是我和我良心之间的问题；墨菲是否相信自己是他和他良心之间的问题。先生们，我喝着你的健康。

曾担任该公司荣誉的打火机坐在一个小酒馆的烟囱拐角处，出于时间的考虑，它一直是打火机的家。他坐在灯火通明的圈子中，是酋长国或部落首领。

如果我们的读者有幸碰到了打火机的葬礼，得知打火机是一个陌生而原始的人，他们不会感到惊讶。自从第一个公共照明灯熄灭以来，他们严格遵守从父子到子的古老仪式和习俗；他们通婚，并在婴儿期订婚他们的孩子；他们没有参与任何阴谋或阴谋（谁听说过叛徒的打火机？）；他们没有犯本国法律的罪行（没有谋杀性或抢劫性打火机的情况）；简而言之,尽管他们的性格明显动荡不安,但却是一个高度道德和反省的民族:他们彼此之间的传统守法与犹太人一样多,并且至少在身体上比丘陵还古老。和街道一样古老。他们的信条是,在没有任何公共费用的情况下,第一盏路灯照亮了真正文明的微弱光芒。他们在异族神话中直接追踪他们的存在和在公众尊敬中的崇高地位;并认为普罗米修斯本人的历史不过是个寓言故事,真正的英雄就是一盏明灯。

"先生们,"椅子上的点灯器说,"我喝着你的健康。"

"也许,先生,"台虎钳举起酒杯,从座位上稍稍抬高一点,然后再次坐下,以表示他已经认识到并称赞了他,并称赞道,"也许您会通过告诉我们来加深这种自尊心汤姆·格里格是谁,以及他如何与您的内科医生弗朗西斯·摩尔联系起来。"

"听,听,听!" 大声地哭了。

主席说,"汤姆·格里格,先生们,是我们中的一员。而且他发生在他身上,因为在我们这行中,公开角色很少见到,所以他得到了他可以随便叫什么的演员表。"

'他的头?'副说。

主席回答说:"不,不是他的头。"

"也许是他的脸？" 副说。"不，不是他的脸。" "他的腿？" "不，不是他的腿。" 他的手臂，手，脚，胸口也没有被建议。

"也许是他的诞生？"

主席说，就是这样，对他的建议深思熟虑。他的诞生。先生，这就是汤姆的模范。"

"在石膏里？" 问副。

董事长回信说："我不正确地知道怎么做。" "但我想是。"

他在那里停了下来，好像那只是他要说的。于是，公司中出现了一种杂音，最终解决了自己的要求，并通过副手传达了一个要求他继续下去的要求。这正是董事长想要的，他沉思了一下，举行了一个令人愉快的仪式，通常被称为"吹口哨"，然后继续进行：

如我所说，汤姆·格里格，先生们，是我们中的一员。我可能走得更远，说他是我们的装饰品，只有石油和棉花的美好时光才能产生。汤姆的家人，先生们，都是打火机。

"我希望不是女士们吗？" 问副。

"他们有足够的才干，先生，"重新加入董事长的行列，"而且本来应该是，但出于社会的偏见。先生，让妇女享有自己的权利，汤姆一家的女性将成为她们任职的每一个人。但是那种解放还没有到来，那时还没有，所以他们只限于家人的怀里，煮晚餐，补衣服，照顾孩子，抚慰丈夫，参加家政服务。通常。对于女士们，先生们，很难将她们限制在这样一个行动领域。很难。

"先生，先生，我碰巧知道关于汤姆的一切，在他母亲的身边，是我特别的朋友。他（那是汤姆叔叔的）命运是忧郁的。加斯是他的死。第一次谈到时，他笑了。他没有生气；他嘲笑人性的轻信。他说："他们不妨谈论关于永生的萤火虫的故事；"然后他又笑了起来，部分是因为他的笑话，部分是因为人类的可怜。

"但是，随着时间的流逝，事情开始了，进行了实验，他们点燃了颇尔购物中心。汤姆的叔叔去看了看。我听说他那天晚上由于虚弱而从梯子上摔下了十四次，如果他的最后一次摔倒不是掉进一辆正在行驶的独轮车中，他肯定会继续摔下去直到自杀。人道地把他带回家。汤姆的叔叔微弱地说，"我预见到了，"他说话时上床睡觉-"我预见到了，"他说，"我们的职业破裂了。白天时，您再也不需要修整毛发了；当人们感到精神振奋时，也不再需要滴滴在女士们和先生们的帽子和帽子上的油了。任何低矮的家伙都可以点亮煤气灯。一切都结束了。"在这种心态下，他向政府请愿-先生们,我想再说一遍-当您发现人们从来没有用过的东西并且拥有无所事事的报酬太高了?

"赔偿?" 建议副。

董事长说。补偿。但是他们没有给他,然后他立刻非常喜欢他的国家,然后说天然气对他的祖国是致命的打击,这是激进分子毁灭的阴谋这个国家永远摧毁石油和棉花贸易,而鲸鱼会因为没有被抓住而纯粹地出于烦恼和烦恼而私自杀害自己。最后他被右击破了。称他的烟斗为煤气管;以为他的眼泪是油腻的;并以各种各样的废话继续下去,直到一个晚上,他把自己挂在圣马丁巷子里的一盏灯烙铁上,他的尽头。

'汤姆爱他,先生们,但他幸免于难。他在坟墓上流下了眼泪,喝得很醉,那天晚上在看守所里举行了葬礼演说,并为此被罚款五先令。对于这种事情,有些男人并不坏。汤姆是他们之一。那天下午,他以新的节奏跳动:头脑清晰,像父亲马修一样发烧。

先生们,汤姆的新节奏是-我无法确切地说出他在哪里,因为他永远不会说。但是我知道那是在一个安静的小镇上,那里有一些奇怪的老房子。我一直想,它一定是在伊斯灵顿的坎伯伯里塔附近的某个地方,但这是一个见解。无论走到哪里,他都穿上了那条新的梯子,一顶白帽子,一件棕色的荷兰夹克和一条裤子,一条蓝领巾和一条扣眼中满是双壁花的小树枝。汤姆总是在他的外表上彬彬有礼,我从最好的法官那里听说，如果他那天下午把梯子留在家中，你可能会带他去当贵族。

"他一直很快乐，很汤姆，而且还是一位歌手，如果有任何对本地才华的鼓励，他一定会去看歌剧。他坐在梯子上，点燃了第一盏灯，以一种比想象中更容易理解的方式对自己唱歌。当他听到五点钟的敲击声时，突然看见一位老先生手里拿着望远镜，扔了一个窗口，非常努力地看着他。

汤姆不知道这位老先生的脑海中会发生什么。他认为自己很有可能在自己心里说："这是一个新的点灯器，一个漂亮的年轻人，我可以喝点什么吗？" 考虑到这是可能的，他保持安静，假装对灯芯非常苛刻，侧身看着这位老先生，似乎根本不理会他。

'先生们，他是有史以来最古怪，最神秘的档案之一，鼓舞着他的双眼。他衣着整洁，衣着整洁，穿着一件类似床铺家具的长袍，头上戴了同样的帽子。一条长长的旧拍打背心；没有花括号，没有绳子，只有很少的按钮，简而言之，几乎没有任何人为的使社会团结在一起的人工发明。汤姆通过这些迹象，不被刮胡子，不被过度清洁，以及对他的智慧还不太清醒，知道他是一个科学的老先生。他经常告诉我，如果他能想到整个皇家社会都可能沦为一个人的话，他应该说那位老先生的尸体就是那个尸体。

这位老先生拍了拍望远镜，四处张望，看不见其他人，再次盯着汤姆，然后大声喊道：

'"喊叫！"

""你好，先生，"汤姆从梯子上说道。"再说一遍，如果你来的话。"

这位老先生说："这是一个非凡的成就，对行星的预测。"

'"在那儿？"汤姆说。"我很高兴听到它。"

"先生，"年轻人说，"你不认识我。"

汤姆说："先生，我没有那么荣幸。但是尽管如此，我还是很乐意为您喝酒。"

""我读，"这位老先生喊道，没有注意到汤姆这方面的礼貌-"我读了星空将要发生的事情。"

汤姆感谢他提供的信息，并恳求知道一周之内星空是否会发生什么特别的事情；但是这位老先生纠正了他，解释说他在星星上读到了旱地上将会发生的事情，并且他熟悉了所有天体。

汤姆说："先生，我希望他们一切都好，""大家。"

""嘘！" 叫老先生。"我以罕见而出色的成就咨询了命运之书。我精通占星术和天文学的伟大科学。在我这里的房子里，我对观测行星的运动和运动的装置都有各种描述。六个月前，我从这个消息源中得知，正好在今天下午五点钟时，一个陌生人会出现自己-我年轻可爱的侄女的注定丈夫-实际上是杰出而高贵的血统，但他的出生将是笼罩在不确定和神秘之中。别告诉我你的不是。"这位老先生说，他急于说出话来，他说得不够快，"据我所知。"

"绅士，汤姆听到他这么说时感到非常惊讶，以至于他几乎无法站在梯子上，并发现有必要抓住灯柱。关于他的出生有一个谜。他母亲一直承认这一点。汤姆从来不知道谁是他的父亲，而且有些人甚至说她甚至对此都表示怀疑。

"当他处于这种惊奇状态时，这位老先生离开窗户，冲出房门，摇晃梯子，汤姆像一个成熟的南瓜一样滑落在他的怀里。

""让我拥抱你，"他说，将双臂交叉在他身上，几乎照亮了汤姆的那把旧床家具长袍。"你是一个高尚的人。一切都证明了我的观察的准确性。他说："你内心有神秘的暗示。" "我知道你有过耳语，是吗？" 他说。

汤姆说："我想我拥有-汤姆是可以说服自己喜欢的东西的人之一-"我经常认为我不是我所追求的小啤酒。

""你是对的,"老先生叫道,再次拥抱了他。"进来。我的侄女在等我们。"

""小姐,容貌好吗,先生?" 汤姆说,宁可放火,因为他想到她会弹钢琴、懂法语,并且要尽一切努力。

'"她很漂亮!" 这位老先生哭了,他实在太热闹了,全都出汗了。"她的马车优雅、造型优美、声音柔美、表情生动、充满生气;他用眼睛擦着,"吃惊的小鹿。"

"汤姆认为这可能意味着,在他的熟人圈子中被称为"游戏眼";为了解决这个缺陷,询问这位小姐是否有现金。

"她有五千英镑,"老先生大叫。"那呢?那是什么 在你的耳边说一句话。我在寻找哲学家的石头。我几乎可以找到它-不太完全。它把一切变成了黄金;那是它的财产。"

汤姆自然地认为它必须具有一定的财产;并说当这位老先生拿到它时,他希望他会小心翼翼地把它留在家里。

"当然,"他说,"当然。五千英镑!对我们来说五千英镑是多少?五百万是多少?" 他说。"五十亿?钱对我们来说什么都不是。我们将永远无法花得足够快。"

汤姆说:"先生,我们会尽力而为。"

老先生说："我们会的。" "你的名字？"

汤姆说："严厉。"

这位老先生再次紧紧地拥抱了他。没说一句话，他就激动地把他拖进了屋子，汤姆可以做很多事情，把他和他的梯子搭在一起，放到走廊上。

"先生们，如果汤姆并非一直因他对真理的热爱而引人注目，我想当他说这一切都像一场梦时，你仍然会相信他。除了要求吃东西以外，没有其他方法可以使男人发现自己是否真的睡着了。先生们，如果他在梦中，他会发现一些需要味道的东西，请依靠它。

汤姆向这位老先生解释了他的疑虑，并说，如果房子里有冷盘，立刻检查一下会大大减轻他的思想。这位老先生点了一个鹿肉派，一个小火腿和一瓶非常古老的马德拉。汤姆第一次吃馅饼和第一杯酒时，汤姆嘴，大声喊道："我醒了，清醒了很多；" 为了证明他是如此，先生们，他结束了他们两。

"汤姆吃完饭（后来他再也没说过，眼中没有泪水），那位老先生再次拥抱了他，说："高贵的陌生人！让我们拜访我年轻又可爱的侄女。" 汤姆（对葡萄酒有些不满）回答说："这个高贵的陌生人是可以接受的！" 这位老绅士用什么话牵着他，把他引到客厅。当他打开门时哭着说："这是先生。格里格，行星的最爱！"

'我不会尝试形容女性美，先生们，因为我们每个人都有自己的模特，最适合自己的口味。在我所说的这个客厅里，有两个小姐。如果每个在场的绅士都将在自己的地方想象自己的两个模型，并且足够善良地将它们抛光到最高的完美境界，那么他将对它们不寻常的光彩有一个淡淡的概念。

除了这两位年轻女士外，还有他们的侍应生，在任何其他情况下，汤姆都会被视作维纳斯；在她旁边，有一个高个子，瘦弱的，面无表情的年轻绅士，有一半男人和一半男孩，穿着幼稚的衣服，腿和胳膊太短了。根据汤姆的比较，看上去就像是一个裁缝门上的蜡少年一样，长大了并开始播种。现在，这个年轻人把脚踩在地上，对汤姆非常凶猛，而汤姆却对他凶猛-为了说实话，先生们，汤姆一半以上的人怀疑，当他们进入房间时，他正在亲吻其中一个年轻人。女士们 汤姆知道的任何事情，您都可以发现，可能是他的年轻女士，这并不令人愉快。

汤姆说："先生，"在我们进一步采取行动之前，您能先告诉我这个年轻的是谁吗？"汤姆叫他，您知道，先生们，您会感到不安，"这个年轻的可能是谁？"

""，先生。老先生说，老爷们是我的小男孩。他被命名为伽利略·以撒·牛顿·弗拉姆斯特德。不在乎他 他只是个孩子。"

汤姆说："" 还有一个非常好的孩子，" 他仍然年纪大了，你会观察到， "尽管如此，我仍然毫不怀疑。你好，我的男人？" 汤姆用这种友好的表情表达了热情，拍了拍他的头，并引用了瓦特医生在圣日学中学到的两首关于小男孩的话。

先生们，这很容易看到，先生们的皱着眉头，侍应生的甩头，抬起鼻子，年轻的女士们转过头，在房间的另一端一起交谈，这很容易看出来。但是这位老先生对这位高贵的陌生人非常友善。的确，汤姆清楚地听到了女服务员对主人的评价，因为她远不能像他假装的那样看星星，但她不相信他知道自己的来信，或者充其量说他比他还远一个音节的单词；但是汤姆不介意这一点（因为他在马德拉之后就精神振奋），以一种愉快的神情望着年轻的女士们，然后，对着两位老兄，亲了亲对方，对他说："那是哪个？"

"这个，" 这位老先生说，最帅的说，如果可以说他们中的一个比另一个更帅-"这是我的侄女，范妮·巴克小姐。"

汤姆说：""如果您允许我，小姐，我是一个高贵的陌生人，也是行星的最爱，我将照这样行事。" 用这些话，他以一种非常和的方式亲吻了那位小姐，转向这位老绅士，将他打了巴掌，然后说："什么时候要掉下来，我的责任呢？"

"小姐，肤色很深，先生们，嘴唇颤抖得那么厉害，汤姆真的以为她会哭。但她保持情绪低落，转而对这位老先生说，"亲爱的叔叔，尽管您拥有我的手和财产的绝对支配权，尽管您的意思是善待自己，但我问您是否认为这不是错误吗？她说："亲爱的叔叔，你不认为星星一定有误吗？彗星可能不会把它们放出来吗？"

这位老先生说："星星们，如果尝试的话就不会犯错。艾玛，"他对另一位小姐说。

她说："是的，爸爸。"

"使您堂兄夫人的那天。格里格将把你团结到有天赋的门尼。没有抗议-没有眼泪。现在，先生。教士，让我带你到那片神圣的土地上，在一个哲学的隐居处，我的朋友和伴侣，我刚才所说的天才门尼，甚至在这里追求那些将使我们变得更富贵金属的发现，并使我们成为现实世界的主人。来，先生 格里克。"他说。

""先生，我全心全意。"汤姆回答。"我要对有天赋的门尼好运，对我说-与其说我们值得拥有，不如说对他而言！" 汤姆带着这种感情再次与女士们亲了一下，然后跟着他出去。当他回头看时，他有满足感，以为他们全都挂在 的胳膊和腿上，以防止他追随这位高贵的陌生人，并将他撕成碎片。

"绅士，就是汤姆的岳父，他牵着他的手，点燃了一点灯，把他带到了房子后面一个铺成的法院院子里，走进了一个很大的，黑暗的，阴郁的房间：装满各种瓶子，地球仪，书籍，望远镜，鳄鱼，鳄鱼和其他各种科学仪器。在这个房间的中央是一个炉子或火炉，汤姆称之为锅，但是在我看来这是一个坩埚，完全烧开了。在一个角落里有一种梯子穿过屋顶。这位老绅士低声说道：

""天文台。先生。穆尼甚至现在还在注意我们进入地球所有财富的确切时间。他和我，一个人在那个寂静的地方，有必要在小时到来之前铸就你的诞生。把你出生的日子和分钟放在这张纸上，剩下的留给我。"

汤姆说，"你不是要说，"汤姆说着，还给了他论文，"我要在这里等很久，对吗？这是一个令人沮丧的宝贵地方。"

""嘘！"老先生说。"这是圣地。告别！"

汤姆说："停一分钟。""你快点忙！那个大瓶子里有什么？"

这位老先生说："这是一个有三个头的孩子。" "以及其他一切都按比例。"

""你为什么不把他扔掉？" 汤姆说。"你在这里干什么令人不快的事情？"

""把他扔掉！" 叫老先生。"我们在占星术中经常使用他。他是一种魅力。"

汤姆说："从他的外观上，我不应该想到这一点。我要走吗？"

这位老先生没有回答，但比以往任何时候都更加忙碌地爬上梯子。汤姆照顾着他的腿，直到他一无所有，然后坐下来等待；感觉（就像他常说的那样）就像他要成为共济会会员一样舒适，他们正在为扑克加油。

汤姆先生等了这么久，以至于他开始认为这至少应该持续到午夜，并且比他一生都感到更加沮丧和孤独。他尝试了各种方式消磨时间，但似乎从未如此缓慢。首先，他近距离观察了三个头的孩子，并认为这对他的父母一定是一种安慰。然后他抬起头，望向窗外的一架长望远镜，但由于塞子在另一端，所以没看见什么特别的东西。然后他来到玻璃盒子里的骷髅头，上面贴着"绅士的骨架"的字样。门尼"，这使他希望他成为穆尼先生。未经他们自己的同意，可能不习惯以这种方式准备绅士。至少有一百次，他看着锅里的锅子，他们正在把哲学家的石头煮沸到适当的稠度，想知道它是否快要完成了。汤姆认为："到时，我会派出六便士的西鲱，然后把它们变成金鱼，进行第一个实验。" 除此之外，先生们，他下定决心要建一栋乡间别墅和一个公园。并用一排长一英里的双排煤气灯种下它，每天晚上用法国抛光的红木梯子外出，并在他身后穿上两名穿制服的仆人，为自己的快乐点灯。

"终于，这位老先生的腿终于出现在穿过屋顶的台阶上，他慢慢地走了下来：带着他，才华横溢的门尼。这位先生，先生们，在外表上比他的朋友更加科学。正如汤姆经常在他的言行和荣誉上所宣布的那样，在这种不完善的生存状态下，我们可能知道的最肮脏的面孔。

"先生们，你们都知道，如果一个脑子里不缺科学人，那他根本就没有好处。先生。门尼缺席，以致这位老先生对他说："与穆恩先生握手。格里克。" 他伸出腿。"请介意，先生。鳗鱼！" 狂喜地哭泣着这位老先生。"这是哲学！反省！他说，"不要打扰他，因为这太神奇了！"

汤姆不想打扰他，也没什么好说的。但是他是如此的出奇，以至于这位老先生不耐烦，决心给他一个电击把他带到-"因为你必须知道，先生。他说，"我们一直要为这个目的准备一个充满电的电池。" 这些手段，先生们，天才的门尼大吼一声，复活了。他和他的老先生都同情地看着汤姆，流下了眼泪，他很快就来了。

""我亲爱的朋友,"这位老先生对这位有天赋的老人说,"准备好了。"

"" 我说。先生不准备 穆尼,如果你愿意的话。"

'"唉!" 老先生说:"你不了解我们。我的朋友,把他的命运告诉他。——我做不到。"

"在许多努力之后,有天赋的人聚集了他的声音,并告知汤姆,他的诞生是经过精心铸造的,他将在三点零七分,二十七秒和九点五分之六时逝世。"时钟,是两个月的那天。

"先生们,在婚姻和无尽财富的前夕,我让你来判断汤姆在这次宣布中的感受。他用颤抖的声音说:"我认为,这笔款项的运用一定有误。这位老先生回答:"没有错,"那位老先生回答,"这是没有错的,这得到了医师弗朗西斯·摩尔的证实。" 这是明天两个月的预测。" 然后他给他看了这页书,这些话在哪里肯定够用的-"大约在这个时候可能要去找一个伟人的病。"

老先生说,"" 显然是你,先生。鳗鱼。"

""太清楚了,"汤姆哭了起来,下沉到椅子上,一只手给这位老先生,另一只手给了这位有天赋的人。"一天的宝珠永远存在于托马斯·格里格上!"

"在这个有影响力的话语中,有天赋的人再次流下了眼泪,另外两个人把眼泪和他的眼泪交织在一起,如果我可以用这种表达的话,就是门尼和科恩的全部。但是这位老先生首先康复了,他发现这只是加快婚姻的一个原因,以便汤姆的杰出种族可以传给后代。并要求有天赋的先生控制台 在他暂时缺席的时候,他退出了与侄女的定居预赛。

"现在,先生们,发生了非常不平凡的事。因为当汤姆以忧郁的方式坐在一把椅子上,而有天赋的人以忧郁的方式坐在另一把椅子上时,几扇门猛烈地打开了,两位年轻的女士冲了进去,一个人以友善的姿势跪在汤姆的脚下,另一个在优优级。到目前为止,也许就汤姆而言(正如他以前所说的那样),您会说这没什么奇怪的;但是当您了解到汤姆的年轻小姐跪在天才的孩子和天才的孩子的膝盖上时,您会有不同的看法。小姐跪在汤姆。

'"喊叫!停一分钟!" 哭汤姆 "这是一个错误。在我痛苦的情况下,我需要同情女人来哀悼;但我们不在图中。改变伙伴,穆尼。"

'"怪物!" 汤姆的小姐哭了,紧贴着天才。

'"小姐!" 汤姆说。"这是你的举止吗?"

""我不赞成你!" 哭着汤姆的小姐。"我放弃你。我永远不会成为你的。她对有天赋的人说,"这是我最热烈的追求的目标。包裹在你崇高的视野中，你还没有意识到我的爱；但是，由于绝望，我现在摆脱了那个女人，并宣誓就职。哦，残酷，残酷的人！"她用这种责备将头放在有天赋的人的乳房上，并以最温柔的方式将胳膊放在他身上，先生们。

""和我，"另一位小姐洋洋得意地说道，使汤姆开始了-"我在此也放弃了我选择的丈夫。听我说，小妖精！我深深地憎恨你。那天晚上的疯狂采访使我的灵魂充满了爱-但不是为了你。"这是给你的，给你的，年轻人。"她哭道。"正如刘易斯修士很好地观察到的那样，托马斯，托马斯，我是你，托马斯，托马斯，你是我的：永远是你的，永远是你的！"用这样的话，她也变得非常温柔。

您可能会相信，汤姆和有天赋的绅士们以一种非常尴尬的方式看着对方，他们的想法根本无法与两位年轻女士相提并论。关于有天赋的人，我经常听到汤姆说，他确定自己很健康，并且内向。

'"跟我讲话！哦，跟我说话！"汤姆的年轻小姐哭了。

""我不想和任何人说话，"他说，终于找到了声音，并试图将她推开。"我认为我最好去。我-我很害怕，"他说，看上去好像在丢东西。

""没有一种爱的表情！" 她哭了。"在我声明的时候听我说-"

他说："我不知道如何表现出爱的表情。" "不要声明任何东西。我不想听到任何人的声音。"

'"那就对了！" 这位老先生哭了（似乎一直在听）。"那就对了！听不到她的声音。我的朋友，爱玛，明天要嫁给您，无论她是否喜欢，她都将嫁给艾默生先生。鳗鱼。"

"先生们，这句话刚从他的嘴里传出，就像伽利略·伊萨克·牛顿·弗拉斯特德（似乎也在听）一样，飞镖飞来飞去，就像年轻的巨人的顶端在哭泣，哭了起来，"让她。让她。我很凶 我很生气。我请她假。在那之后，我永远不会嫁给任何人。这是不安全的。她哭了，撕开头发，咬了咬牙，哭了。"我将死于单身汉！"

'"小男孩，" 虽然天年柔和，却说出了智慧。我被引导去沉思于女性，并且不会在婚姻的困境中冒险。"

'"什么！" 老先生说："不要嫁给我的女儿！你不是吗，穆尼？如果我让她不是吗？是不是 你不是吗？

门尼说："不，我不会。如果有人再问我，我会逃跑，再也不会回来了。"

'"先生。这位老先生说，"星辰必须服从。您并没有因为少女般的愚蠢而改变主意。鳗鱼？"

"汤姆，先生们，他一直在注视着他，并且很确定这一切都是侍女的一种手段和诡计，使他摆脱了这种倾向。他已经看到她躲藏起来并且在两扇门上跳来跳去，并且观察到从她身上传来的一点耳语直接抚平了。汤姆认为："所以，这是情节，但不适合。"

"" 嗯，先生。鳗鱼？" 老先生说。

汤姆指着坩埚说："先生，为什么，如果汤快要准备好了-"

这位老先生说："再过一个小时，我们的劳动就完了。"

汤姆悲哀地说："非常好。" "只有两个月，但即使那样，我还是世界上最富有的人。我不特别，先生，我带她去。我带她去。"

``这位老先生被引诱地发现汤姆仍然在同一头脑中，并逐渐将这位年轻女士吸引到他身边，他正以一种强大的力量与他们联手，当先生们突然间，坩埚炸毁了，严重的崩溃 每个人都在尖叫；房间里充满了烟雾；汤姆不知道接下来会发生什么，把自己摆在幻想的态度上，说："来吧，如果你是男人！" 而不对任何人讲话。

""十五年的劳动！" 这位老先生说，他紧握双手，低头看着那些正在保存碎片的有天赋的人，"马上就被摧毁了！"-我被告知，先生们，再见，这颗哲学家的石头也会如果不是在一种不幸的情况下设备总是在成功的时刻爆炸，那么至少被发现了一百次，只能说得差不多。

当他听到这位老绅士对这种不愉快的表情表达自己的声音时，他的脸色变得苍白，并断言说，如果各方都同意这一点，他想确切地知道发生了什么，以及前景的真正改变。那家公司。

"" 我们目前失败了，先生。老先生。" 老先生擦了擦额头。"而且我对此感到更加后悔，因为实际上我已经将侄女的五千英镑投入到了这一光荣的投机活动中。但是，不要沮丧，" 他焦急地说道，"再过15年，先生。鳗鱼-"

"哦！" 汤姆哭了，让小姐的手掉下来。"先生，这位明星对这个联合会非常乐观吗？"

老先生说："他们是。"

汤姆说："先生，我很抱歉听到这个消息，因为先生，这是行不通的。"

""没什么！" 叫老先生。

""去，先生，"汤姆狠狠地说。"我禁止这些食物。" 他用这些话（也就是他惯用的话）坐在椅子上，把头放在桌子上，暗自悲痛地想着接下来两个月那一天将要发生的事情。

先生们，汤姆总是说，那个侍女是他见过的最狡猾的混蛋。当他去国外殖民时，他以书面形式留在了这个国家，他以为自己可以确定她和故意炸毁了哲学家的石头，并把他从财产中砍了下来。我相信汤姆是对的，先生们；但是无论是否，她都会挺身而出，说："先生，我能说吗？" 这位老先生回答说："是的，可以。" 她接着说，"在各个方面，星星无疑是正确的，但汤姆不是那个男人。" 她说："先生，您不记得那天下午五点钟了吗，您用望远镜把伽利略大师的头顶了说唱，并告诉他走开？" "是的，我愿意。"老先生说。"然后，"侍应生说，"我说他是男人，预言应验了。" 老先生对此之以鼻，仿佛有人敲打他的胸膛，然后哭了。"他！为什么他是男孩！" 先生们，因此大声疾呼，他将在第二天的夫人日中成为21岁。并抱怨他的父亲一直忙于绕地球公转的太阳，以至于他从未注意到儿子绕着他公转。从14岁起他就没有再穿新衣服了；直到他对他们不满意为止，他甚至都没有从南肯的长袍和裤子中脱身；并出于同一目的触及更多的家庭事务。简而言之，先生们，他们都在一起交谈，一起哭泣，并提醒这位老先生，关于贵族家庭，如果他的祖父没有在当年的晚宴上去世，他本来是市长。之前；他们通过各种各样的论点向他表明，如果表亲结婚了，那么预言就会成真。最后，这位老先生很有说服力，让步了。并手拉手 留下女儿嫁给她喜欢的人；他们都很高兴；和天才以及其中的任何一个。

先生们，在这场小型家庭聚会的中间，总是坐着汤姆，尽你所能。但是，当其他一切都安排好之后，这位老先生的女儿说，他们奇怪的举动只是侍应生的一种小工具，使他为他们选出的恋人感到恶心，他会原谅她吗？如果他愿意的话，也许他甚至可能会找到她的丈夫，而当她这样说时，她在汤姆看来并不难。然后女仆说，噢，亲爱的！她不能忍受先生。格里格应该认为她要他嫁给她；她甚至走得很远，甚至拒绝了最后一位点灯的人，他现在是一个文学人物（已被设置为一个贴纸）；她希望先生。格里格 不会以任何方式假定她已经屈服了，因为当时面包师的注意力很强，而对于屠夫，他很疯狂。而且我不知道她还会说些什么，先生们（因为您知道这种年轻女性很少见），如果这位老先生没有突然插手，问汤姆是否会有她，用十英镑来补偿他的时间和失望，并以此作为贿赂来使故事保密。

汤姆说："先生，这没什么大不了的，我对这个世界并不渴望。八周的婚姻，尤其是与这个年轻女人的婚姻，可能使我与命运保持和解。我认为，"他说，"此后我可能会轻松完成。" 他用非常沮丧的脸拥抱她，然后吟起来，可能会动动石头的心，甚至是哲学家的石头。

这位老先生说，"好吧，这使我想起了-这种喧闹声从我脑海中扑灭了-这是一个错误的身影。他将活到一个绿色的老年-至少八十七岁！"

"先生，多少钱？" 汤姆哭了。

' "八十七！" 老先生说。

"汤姆一言不发，扑向那位老先生的脖子。戴上帽子 减少刺山柑；违抗女仆；并把她介绍给屠夫。

" "你不会嫁给她的！" 老先生生气地说。

" "并追求它！" 汤姆说。"我会早点嫁给带小齿梳和窥镜的美人鱼。"

另一位说："然后承担后果。"

"用这些话-先生们，在这里，请您注意，先生，这是值得您注意的-老先生用右手的食指将洒在地板上的坩埚中的一些酒弄湿了，并画了一个小三角形在汤姆的额头上。房间在他眼前游动，他发现自己进入了监视窒。

"发现自己在哪里？" 代表公司大声疾呼。

董事长说。"已经很晚了，他发现自己在那天早上被放出来的那个看守所里。"

"他回家了吗？" 问副。

主席说："监视人员对此表示反对。" "所以他那天晚上停在那儿，早晨去了地方法官。"为什么，你又在这里，对吗？" 地方法官说，加重了侮辱；"如果您可以方便地省钱，我们将再麻烦您先付五先令。" 汤姆告诉他，他被附魔了，但这没有用。他对承包商也是如此，但他们不相信他。先生们，正如他常说的那样，这对他来说是很难的，因为他可能会发明这样一个故事吗？他们摇了摇头，告诉他除了祈祷他什么都不会说，的确如此。毫无疑问。这是我听说过的关于他品德的唯一归因。"

www.ingramcontent.com/pod-product-compliance
Lightning Source LLC
LaVergne TN
LVHW021749060526
838200LV00052B/3552